AF452733

UNE VIEILLE AMIE DANS UNE NOUVELLE PHASE

VIEUX PROVERBES

SUR DE

NOUVEAUX AIRS

PAR

EUDOXIE DUPUIS

ILLUSTRATIONS

PAR LIZZIE LAWSON

LA SAGESSE DE PLUSIEURS
L'ESPRIT D'UN SEUL

LIBRAIRIE CH. DELAGRAVE, 15, RUE SOUFFLOT
PARIS

TABLE

PETITS BATEAUX

DOIVENT RESTER PRÈS DU BORD

GROS BATEAUX

PEUVENT

S'AVENTURER

AU LOIN

Il fait beau. le ciel est bleu, les petites vagues viennent caresser le sable de la plage et en même temps les petits pieds des enfants qui y jouent.

Voilà le bon moment pour Jeannet, Jeannot et Jeannette de lancer leurs bateaux. Ils accourent sur le rivage pour leur faire prendre la mer.

Petits bateaux. petits bateaux, ne vous éloignez pas !

Petits bateaux doivent rester près du bord ; gros vaisseaux peuvent s'aventurer au loin.

Pendant ce temps, petit Pierrot va se promener sur la plage. La mer s'est retirée. petit Pierrot ne la voit plus du tout : il a beau se hausser sur la pointe de ses petits pieds, il n'aperçoit que du sable, du sable et puis des mares sur lesquelles les petits bateaux continuent à voguer.

Petits bateaux doivent rester près du bord ; gros vaisseaux peuvent s'aventurer au loin.

Pierrot se demande ce qu'est devenue la mer. Elle était là ce matin. Il veut aller à sa recherche.

— N'y va pas, Pierrot, n'y va pas ; il y a du danger.

Petits bateaux doivent rester près du bord ; gros vaisseaux peuvent s'aventurer au loin.

Mais Pierrot n'est pas obéissant, Pierrot ne croit pas au danger, Pierrot n'écoute pas ce qu'on lui dit. Il veut revoir la mer, avec ses belles grosses vagues, qui font une jolie mousse blanche.

Il court, il court sur le sable fin et doré, si doux à ses petits pieds.

— Reviens, reviens, petit Pierrot.
il t'arrivera malheur.

Revenir ! Ah bien oui ! Il a re-
trouvé la mer, et là-bas, là-bas. il
aperçoit des navires avec leurs voiles
déployées.

Petits bateaux doivent rester près
du bord ; gros vaisseaux peuvent
s'aventurer au loin.

Mais qu'est-ce encore : La mer s'avance,
s'avance : elle vient au-devant de Pierrot qui
est obligé de reculer. Il court : la vague court
plus vite que lui ; il prend ses jambes à son cou : elle lui barre
le passage. Pierrot a peur.

Pierrot, petit Pierrot, tu n'as pas voulu
croire ce qu'on te disait :

Petits bateaux doivent rester près
du bord ; gros vaisseaux peuvent
s'aventurer au loin.

Pauvre petit Pierrot ! que va-t-il
devenir ? Qui peut l'entendre ?

Qui peut l'entendre : sa maman ;
les mamans entendent toujours la
voix de leurs enfants, même quand
ils n'ont pas été sages. Elle court
chercher un batelier ; on va au se-
cours de petit désobéissant.

Il se rappellera toujours cela,
maintenant :

Petits bateaux doivent rester près
du bord ; gros vaisseaux peuvent
s'aventurer au loin.

MIEUX

VAUT   LA

MOITIÉ

D'UN PAIN

QUE

PAS DE PAIN DU TOUT

Paul et Paulette sont deux gentils enfants.

Leurs mamans ne sont pas riches et elles ne peuvent leur donner souvent des friandises; mais quand par hasard ils en ont, ils s'empressent de les partager.

Vous allez dire : c'est parce qu'ils ont un bon cœur.

Oui : mais c'est aussi parce qu'ils ont de l'esprit. S'ils ne faisaient pas comme cela, ils seraient privés bien plus souvent; mais ils se disent :

« Mieux vaut la moitié d'un pain, que pas de pain du tout. »

Les parents d'Édouard sont riches : il a tous les jours des bonbons et des friandises; mais il ne veut pas que personne partage avec lui. Vous voyez bien ce gros gâteau qui est là, sur la table, avec une espèce d'arbre en sucre au milieu : il voudrait le manger à lui tout seul, et comme on ne veut pas le laisser faire, il boude, il dit qu'il n'a pas faim.

C'est un gourmand, c'est un égoïste, mais c'est aussi un sot. Quand il a boudé pendant bien longtemps, il se dit :

« Mieux vaut la moitié d'un pain que pas de pain du tout. »

Seulement le gâteau est mangé.

LES EXTRÊMES SE RENCONTRENT

I

Dieu mit ensemble sur la terre
De très grands et de tout petits :
La girafe à la taille altière
Tout à côté de la souris.

III

Sur sa tige même, la rose,
Au parfum enivrant et doux,
Sans qu'elle en devine la cause,
Porte l'épine aux dards jaloux.

V

Baissant vers l'humble créature
Ses yeux au regard caressant,
La girafe à l'autre murmure :
Soyez bien venue en ce champ.

VI

Puisqu'ensemble sur cette terre
Dieu nous a mis, grands et petits,
Ne montrons pas humeur plus fière
Que la girafe à la souris.

II

C'est qu'il veut nous montrer sans doute
Que bons, méchants, géants ou nains,
Insecte, oiseau, bête qui broute,
Tous sont dans ses puissantes mains.

IV

C'est qu'elle a besoin de l'épine,
Qui lui tient lieu de bouclier ;
Car, pour que l'abeille butine,
Il faut des roses au rosier.

L'ORGUEIL

MARCHE DEVANT

LA CHUTE

« Je voudrais bien savoir pourquoi je me contenterais d'une robe
toute unie, sans la moindre petite
garniture, sans le moindre petit
volant, pourquoi je n'aurais pas un
bracelet, un collier, des boucles
d'oreilles et une robe à queue,
comme ma grande sœur.

« On prétend que je suis trop petite, et quand je demande toutes ces belles choses-là, on me dit : quand tu seras grande.

« Grande ! grande ! quand donc serai-je grande ? »

Jeanne n'a pas la patience d'attendre jusque-là. Sa maman est sortie : voilà une bonne occasion de savoir comment la toilette lui va.

Sur le lit il y a un châle, un châle brodé de soie et d'or, que la maman a mis la veille au soir pour aller à l'Opéra.

C'est ça qui fera une belle queue !

Elle l'attache à sa taille : il traine si loin, si loin qu'on n'en voit pas le bout. A la bonne heure ! Jeanne se promène devant l'armoire à glace, va jusqu'au bout de la chambre et revient ; le châle s'étale magnifiquement derrière elle.

Ce n'est pas la peine d'être si belle quand personne ne vous admire.

Jeanne descend dans la cour. Il fait chaud : les fleurs baissent la tête. Elles me saluent, se dit Jeanne.

Non, non, les fleurs ne la saluent pas ; si elles pouvaient parler elles diraient :

« Quelle est donc cette petite personne si ridicule ? »

Kermès, qui sommeille d'un œil dans sa niche, ne bouge pas.

Jeanne se promène, elle tourne la tête pour voir l'effet de sa queue, lève son petit nez rose avec arrogance, en prenant des airs de princesse, et regarde Minet du haut de sa grandeur.

« Comme Louise serait
jalouse si elle me voyait ! »
se dit-elle.

Et Minet a l'air de lui répondre :

« Ce n'est pas sûr ; Louise n'est pas une sotte, une coquette et une orgueilleuse, comme une petite personne de ma connaissance. Elle sait bien que les robes à queue ne conviennent pas aux petites filles de six ans.

Tout en continuant à se pavaner, Jeanne arrive à la maisonnette du cochon. Elle se retourne, et sa queue va balayer les feuilles de choux qu'on vient d'apporter à M. du Lard.

— Oh ! oh ! se dit M. du Lard, qu'est-ce que cela ?

Et il attrape la queue du châle, qu'il saisit dans son groin. Il tire à lui ; Jeanne a peur, elle s'élance en avant. M. du Lard s'obstine à tirer, et la fillette va s'étaler dans une petite mare d'eau fétide et croupissante.

Elle crie et pleure, mais cela n'empêche pas M. du Lard de continuer à déchirer le beau châle, pendant que les perles du collier de Jeanne vont s'éparpiller de tous côtés.

Et, tout en mâchonnant le châle, messire cochon a l'air de dire :

L'orgueil marche devant la chute.

IL Y A LOIN DE LA COUPE

AUX

LÈVRES

Qu'elles sont belles les cerises
du voisin ! qu'elles sont grosses,
rouges et appétissantes !

C'est l'avis des petits oiseaux,
qui ne se gênent pas pour y goûter.

Si Totor ne sait pas voler comme les oiseaux,
il sait grimper.

Le tonneau qui sert de réservoir est justement
au pied du mur ; Totor se hisse sur le couvercle.
Il se dresse sur la pointe du pied, il allonge la
main vers les cerises, il va les atteindre, il y
touche presque.

Dora est bien contente : elle sait que si Totor
attrappe des cerises il les partagera avec elle et
avec sa poupée.

Tout à coup... patatras !!!

Le couvercle du tonneau fait la bascule et Totor, lui, fait
le plongeon.

Dora pleure, Totor crie, Charlot se moque de lui.

— Il y a loin de la coupe aux lèvres, dit-il ; il y a loin des
cerises à la bouche.

C'est vrai, ce que dit Charlot ; mais ce n'est pas bien de
le dire dans ce moment-là.

UN OISEAU DANS LA MAIN

VAUT MIEUX QUE DEUX

SUR LA

BRANCHE

I

Mieux vaut un oiseau dans la main,
Nous dit-on, que deux sur la branche;
Car mieux vaut un « Tiens, » c'est certain,
Que deux bons : « Tu l'auras dimanche. »

II

On vit autrefois le pêcheur
Au petit carpillon le dire;
Et sans écouter le prêcheur
Le mettre dans la poêle à frire.

III

Mieux vaut, lorsque l'on a bien faim,
Pain sec, sans beurre ou confiture,
Qu'attendre jusqu'au mois prochain
Que cerise ou fraise soit mûre.

IV

Plutôt que promettre en discours,
Si je comprends ce vieil adage,
Il vaut mieux un peu tous les jours
S'appliquer à devenir sage.

QUAND LE LAIT EST RÉPANDU

RIEN NE SERT

DE

PLEURER

- Mon lait, si sucré si bon,
Hélas! le voilà par terre!
Disait le petit Simon,
Dans une douleur amère.

Et son doigt rose et mignon
Suivait la blanche rivière
Se perdant dans le gazon
Jusqu'à la goutte dernière.

— Il faut manger mon croûton
Tout sec, avec de l'eau claire.
Ce régal est d'un ânon
Et ne fait pas mon affaire. —

— Et pourtant, lui dit Manon,
C'est sage; larmes, colère,
Ne font pas plus que chanson,
Lorsque le lait est par terre.

QUI JAMAIS NE MONTE

JAMAIS

NE TOMBE

Tel qui jamais rien n'entreprend,
Sur un écueil jamais ne butte,
Et qui très haut jamais ne tend,
Jamais ne peut craindre une chute.

Ainsi que ce petit garçon,
Redoutant horions et blessure,
Il reste en bas de l'échelon :
C'est plus prudent, la chose est sûre.

Aussi, jamais il n'atteindra
Un but élevé, difficile,
Et dans la vie il passera
Comme fait un être inutile.

Montez, enfants. Si vous tombez,
Relevez-vous, montez encore.
Ne dites jamais : C'est assez !
Bien souvent une chute honore.

Montez, montez, que votre cœur
Toujours vise une grande chose,
Jusqu'à ce qu'il reste vainqueur :
C'est le lâche qui se repose !

C'EST UN MAUVAIS VENT

QUE CELUI

QUI N'AMÈNE

DE BIEN

A

PERSONNE

Le vent souffle, souffle bien fort, tantôt ici,
tantôt là, et le plus puissant roi de la terre, avec
son armée, sa cavalerie et ses canons, ne pourrait
pas l'arrêter.

O vent! que tu es méchant!

— Je ne suis pas méchant, petit, et, quoique j'aie l'air
d'être en colère, je fais plus de bien que de mal.

Si j'enlève les pétales des roses, c'est pour répandre leurs
couleurs sur tes joues; si j'emporte les cerfs-volants, c'est
pour leur faire visiter des pays lointains et inconnus; si je
siffle dans les corridors, c'est pour t'enseigner la musique; si
j'arrache les feuilles des arbres, c'est pour les faire valser sur
le chemin.

Ah! j'ai une rude besogne. Ne faut-il pas que j'amène
les nuages, qui en s'ouvrant laisseront tomber la pluie. Alors
les ruisseaux se rempliront, la prairie reverdira, les
feuilles perdront leur teinte grise, les roses fleuriront de
nouveau, et les animaux, qui souffraient de la soif,
pourront se désaltérer à leur aise.

C'est un mauvais vent que celui qui n'amène
de bien à personne.

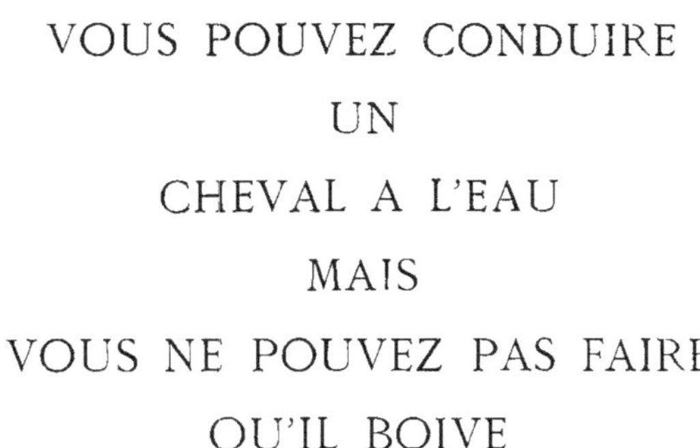

VOUS POUVEZ CONDUIRE
UN
CHEVAL A L'EAU
MAIS
VOUS NE POUVEZ PAS FAIRE
QU'IL BOIVE

Annie, Frank et Loulou ont un cheval, un beau cheval de bois vraiment, qui s'appelle Coco.

Coco a une selle de drap rouge, attachée sur son dos avec des clous dorés, et il glisse sur ses quatre roulettes aussi vite qu'un cheval de course.

Qu'est-ce qu'on peut faire de plus agréable, par un beau
jour d'été, qu'une promenade en compagnie de Coco?

En route ! Les voilà partis tous les quatre, et tous quatre
galopent jusqu'au ruisseau.

— Ah! qu'il fait chaud! dit Annie : Coco doit avoir soif.
Il faut le faire boire.

— Il faut le faire boire, répètent Frank et Loulou.

On descend au bord de l'eau, Frank pousse Coco, Loulou
le tire ! Coco n'y met pas du tout de bonne volonté. C'est
égal, le voilà arrivé.

— Allons, Coco, régale-toi; vois comme l'eau est fraîche
et transparente.

Coco ne répond pas, mais on voit bien qu'il n'est pas
du tout disposé à obéir.

Annie remplit le seau pour qu'il boive plus facilement;
cela n'y fait rien; il ne veut pas boire dans le seau plus qu'à
la source.

— Quelle sotte bête! dit un petit canard, qui navigue sur
le ruisseau; ne peut elle faire comme moi et se régaler de
cette excellente eau?

Et le petit canard prend dans son bec une gorgée de liquide,
qui fait glouglou, glouglou, en passant dans son gosier.

Coco ne veut pas l'imiter. Frank pousse Coco au bon milieu de l'eau. Pour le coup il faudra bien qu'il boive! — Bah! Coco relève fièrement la tête. — Non, il ne boira pas!

Vous pouvez bien conduire un cheval à l'eau, mais vous ne pouvez pas faire qu'il boive.

Vous pouvez bien présenter une médecine à un enfant, mais vous ne pouvez pas faire qu'il la prenne.

Vous pouvez bien lui donner des maitres de lecture et d'écriture, mais vous ne pouvez pas faire qu'il s'applique.

Vous pouvez bien le mener chez ses petits camarades, mais vous ne pouvez pas faire qu'il soit bon et complaisant avec eux.

Et c'est comme cela que vous ne pouvez empêcher un enfant entêté de rester malade ou de devenir ignorant et méchant.

C'est justement à quoi pensait dame grenouille, assise sur une pierre, en face de Coco, et en le regardant elle se disait:

— On peut bien mener un cheval à l'eau, mais on ne peut pas faire qu'il boive.

PLUS ON SE HATE

MOINS ON ARRIVE

— Dépêchons-nous, dépêchons-nous! nous arriverons les premiers au marché et nous vendrons nos pommes et nos fromages bien cher, dit Toinet.

— Dépêchons-nous, dépêchons-nous! fait Toinette. Quel bonheur de rapporter à la maison beaucoup de sous et même peut-être une belle pièce blanche!

— Oui! dépêchons-nous. Avec l'argent que nous aurons gagné grand'mère achètera des poulets qu'elle engraissera et que nous irons vendre au marché, comme nos pommes et nos fromages.

Ils courent. Mais voilà que la charrette rencontre une pierre; elle culbute; pommes et fromages vont rouler de tous côtés sur le chemin.

Adieu la belle pièce blanche sur laquelle on avait compté.

Adieu les poulets qu'on devait acheter avec la pièce blanche.

Une autre fois Toinet et Toinette se rappelleront que souvent :

Plus on se hâte, moins on arrive.

OISEAUX

DE

MÊME

PLUMAGE

VOLENT ENSEMBLE

— Blanches colombes, dites-moi
Pourquoi vous aimez Madeleine,
Pourquoi la cherchez-vous ? Pourquoi,
Accourez-vous tous par centaine ?

Pourquoi venez-vous becqueter
Sa joue et ses lèvres de roses,
Et sous son cou vous abriter,
Lui murmurant de douces choses ?

Pour la fêter, sur le chemin,
A ses pieds chaque oiseau s'empresse,
Puis il cherche sa douce main
Pour reclamer une caresse.

— C'est que son cœur pur, innocent,
Enfant, à notre cœur ressemble.
Oiseaux pareils, on vous l'apprend,
Se plaisent à voler ensemble.

LES DÉSIRS SONT NOURRIS

PAR L'ATTENTE

— Quand donc viendra le printemps ? disait Petit Paul. J'ai l'onglée, je grelotte, le chemin de l'école est caché sous la neige. Quand donc les arbres seront-ils blancs de la neige des fleurs ?

Le printemps est venu et Petit Paul dit :

Quand donc viendra l'été ? Les cerisiers sont couverts de fleurs, mais j'aimerais mieux qu'ils fussent couverts de fruits. Je préfère les cerises à toutes les fleurs du monde.

Les cerises sont mangées, les fraises aussi, on est en été ; on coupe le foin dans les prairies, le blé dans les champs.

— Quand donc viendra l'automne ? dit Petit Paul. Quand fera-t-on les vendanges ? Quand irons-nous ramasser les noix dans le verger et les châtaignes dans les bois ?

Ce temps est arrivé, et bien avant qu'il soit parti Petit Paul soupire après l'hiver.

Et l'hiver vient et Petit Paul redemande le printemps, car Petit Paul passe son temps à désirer ce qu'il n'a pas. Pour lui :

Les désirs sont nourris par l'attente.

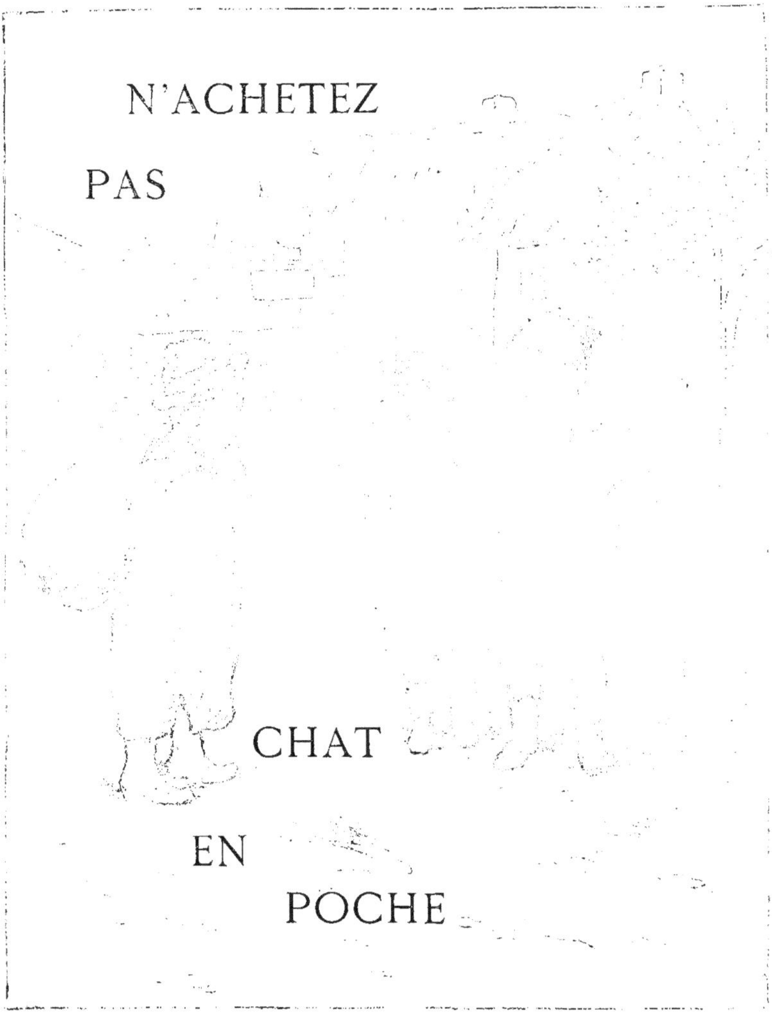

N'ACHETEZ

PAS

CHAT

EN

POCHE

— Achetez mon chat, un chat blanc comme la neige, avec un petit museau rose et des yeux bleus. Un chat qui a des moustaches de sapeur et une queue soyeuse, plus longue que celle d'une robe à la mode. Un chat qui ne va jamais rôder dans l'office ou dans la cuisine, qui ne touche ni au fromage ni à la crème. Achetez mon chat !

— Un chat blanc comme la neige, répète Lélène, un chat avec un petit museau rose et des yeux bleus ! Un chat qui a des moustaches de sapeur et une queue soyeuse, plus longue que celle d'une robe à la mode. Si nous l'achetions !

— Un chat qui ne va jamais rôder dans l'office ou dans a cuisine, reprend Georget. Oui ; il faut l'acheter.

Lélène et Georget tirent leurs petites bourses.

Elles contiennent deux, trois, quatre belles pièces toutes neuves et toutes reluisantes, qu'ils donnent au marchand.

Ils ouvrent le sac et...

Qu'est-ce qu'ils y trouvent ?

Un vilain petit cochon de très mauvaise tournure.

Lélène et Georges sont bien penauds.

Une autre fois ils se rappelleront que :

Il ne faut pas acheter chat en poche.

Ils ont été étourdis, mais le marchand, lui, est un voleur.

DE LA POÊLE

A FRIRE DANS LE

FEU

— A mon tour, de tenir la poêle, à mon tour de faire
sauter la crêpe, dit Tiennette.

— Tu ne sauras pas, fait Tony d'un ton goguenard : tu la
laisseras tomber dans le feu.

Mais Tiennette se trouve tout aussi adroite que les autres.
Elle a bien regardé comment Tony s'y était pris. Il a
donné un petit coup, pan ! sur la poêle, et la crêpe est venue
retomber juste où il fallait.
Pourquoi Tiennette n'en ferait-elle pas autant ?

Elle prend la poêle. Elle verse la pâte ; elle met le tout
sur le feu.
La crêpe est cuite d'un côté ; c'est le moment de la retour-
ner... pan !
Pan ! la crêpe vole en l'air et retombe... Où ? au beau
milieu du feu.

— Ah ! ah ! ah ! ah ! fait Tony en se moquant. Et tout
en se moquant, il verse, lui, le lait à côté de la terrine.

Tiennette, qui n'est pas une petite sotte, se dit :
— Je vois bien que quand on est petit, il ne faut pas
entreprendre ce qui est trop difficile, parce qu'on s'expose à
faire comme j'ai fait, et à envoyer les bonnes choses,

De la poêle à frire dans le feu.

Espérons que Tony a fait les mêmes réflexions.

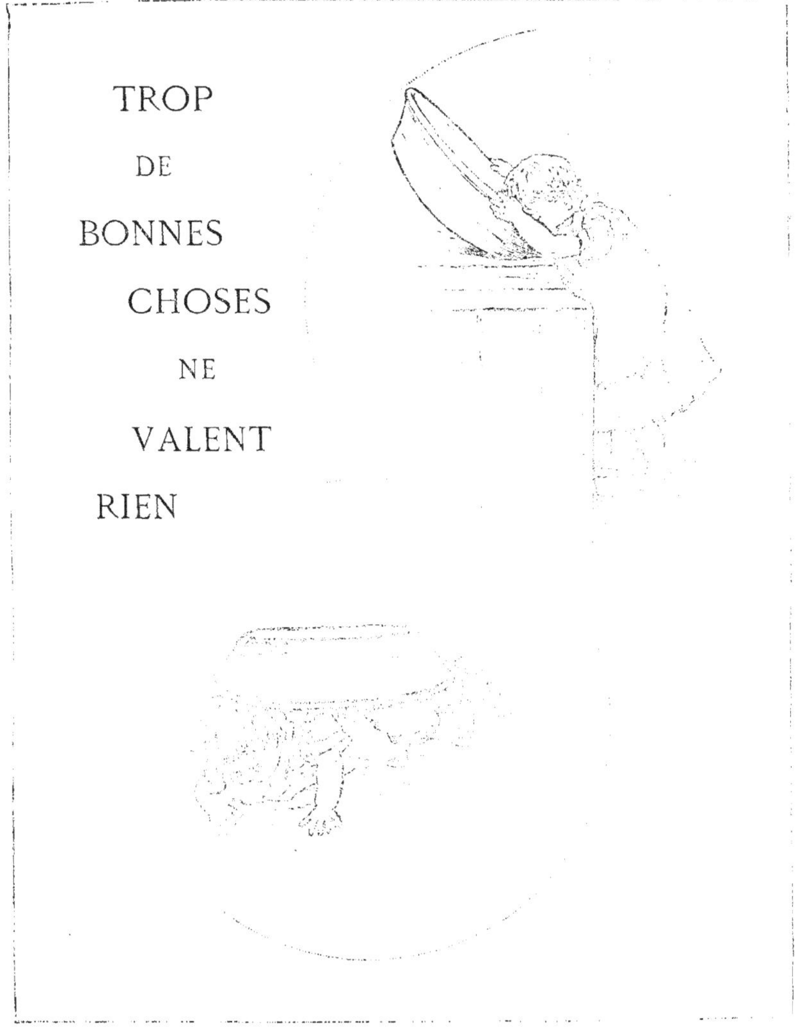

TROP
DE
BONNES
CHOSES
NE
VALENT
RIEN

La porte de la laiterie est ouverte. Le chat pourrait entrer.
Le chat n'entre pas ; mais qui est-ce qui entre ?

C'est Lolotte ; elle se glisse tout doucement. Il y a de la
crème dans la terrine. Quel dommage que la terrine soit
trop haute !

Elle approche un tabouret, grimpe dessus, et saisit la terrine à deux mains.

Elle n'a fait que juste goûter à la crème, quand...
psssttt !... le tabouret glisse, et...
patatras ! voilà Lolotte par terre, sous
la crème et sous la terrine.

Mais André a entendu le bruit
qu'elle a fait en tombant. Il accourt, il
prend sa petite sœur dans ses bras, il
l'embrasse, et il la console.

Lolotte s'est fait bien mal ; elle a une
grosse bosse à la tête.
Ah ! dame ! voilà ce que c'est que d'être gourmande.
Que dira maman ?

Elle dira :
— Lolotte s'est fait un peu de mal à la tête ;
mais elle pouvait s'en faire bien d'avantage.
elle pouvait aussi se rendre malade, car :

Trop de bonnes choses ne valent rien.

BIEN DES PEU

FONT

UN BEAUCOUP

Bien des parcelles de neige, tombées du ciel une à une, feront une grosse boule, si grosse, si grosse que Jean et Jeannine ne pourront pas la rouler.

Bien des grains de blé, sortis de
l'épi et mis en farine sous la meule
du meunier, feront de gros pains,
blancs et dorés.

Bien des sous, économisés avec
soin, feront une grosse somme d'argent, qu'on pourra employer utile-
ment.

Bien des points, tirés du matin au
soir, feront une robe pour la petite
sœur ou une chemise pour le petit
frère.

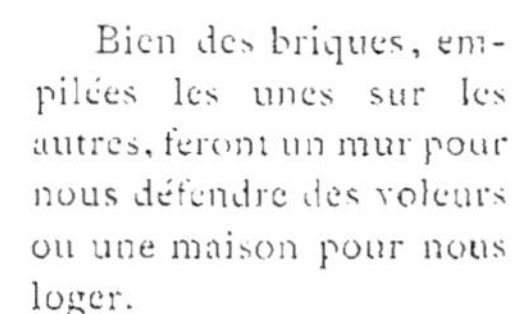

Bien des briques, em-
pilées les unes sur les
autres, feront un mur pour
nous défendre des voleurs
ou une maison pour nous
loger.

Bien des petits défauts,
dont on ne cherchera pas à
se corriger, feront de grands
garçons ou de grandes filles
insupportables et détestés
de tout le monde.

Mais bien des petites
qualités, qu'ils s'efforce-
ront d'acquérir, les ren-
dront bons et aimables et
les feront chérir de tout
le monde

SACHONS

NOUS

CONTENTER

DE

PEU

Enfants, dans un mignon soulier,
Quand de Noël a sonné l'heure,
Ou lorsque le premier janvier
Met en fête votre demeure,

Chacun de vous trouve à foison
Pantins, livres, soldats, épées,
Moutons à la blanche toison,
Bonbons et superbes poupées.

Alice n'a pas découvert
Dans son soulier tant de richesse
Son arbre... il fut autrefois vert,
C'est elle-même qui le dresse.

Enfants, pour vous je forme un vœu :
Comme Alice, à la tête blonde,
Afin d'être heureux en ce monde
Sachez vuos contenter de peu.

L'OCCASION

FAIT LE LARRON

— Pourquoi a-t-on mis là ces petits pois,
ces petits pois si fins et si tendres?

C'est pour que nous nous en régalions
sans doute. — Pourquoi les a-t-on retirés de
leurs cosses? C'est pour que nous n'ayons
pas la peine de le faire.

— Vous vous trompez, petits oiseaux.
Rosette les a cueillis ce matin pour le dîner.
Elle avait commencé à les éplucher, mais
son amie Lily est venue la chercher, alors
elle a quitté son ouvrage.

— Tant pis pour elle; nous n'aurions
pas été les chercher dans la cuisine;
encore moins dans la casserole;
mais elle n'avait qu'à ne pas les
laisser là.

L'occasion fait le larron.

Avis aux petites filles né-
gligentes.

CE QUI VIENT

FACILEMENT S'EN VA

DE MÊME

Mon ballon! mon ballon léger!
Hélas! dans les airs, il s'envole!
Sans aile, sans voile ou boussole,
Le voilà qui veut voyager.

> Es-tu donc pour toujours parti?
> Vas-tu visiter une étoile,
> Qui brille sous l'or de son voile,
> A l'heure où le ciel a pâli?

Alors va, mon beau voyageur,
Et reviens aussitôt me dire
Si dans ces astres que j'admire
J'aurais quelque petite sœur ;

> Si les mères, comme chez nous,
> Ont le cœur rempli de tendresse;
> Si leur voix est une caresse;
> Si leur sourire est aussi doux. —

Il continue à s'élever ;
Il disparaît dans un nuage ;
Au revoir, ballon, bon voyage!
Mais surtout viens me retrouver.

> Ainsi de Berthe, le chagrin,
> Vite venu, s'en va plus vite,
> Sans laisser de trace à sa suite
> Pas plus qu'un brouillard du matin.

ON NE PREND PAS
LES
VIEUX OISEAUX
AVEC DU SON

— Jolis oiseaux, oiseaux mignons, venez demeurer avec moi ; je vous aimerai, je vous soignerai ; vous aurez tous les jours du mouron nouveau, de l'eau fraîche et des graines tant que vous en voudrez.

— Merci, petite fille. Le mouron qu'on cueille soi-même est le meilleur ; l'eau de la source est plus fraîche que celle que tu nous donnerais, et il y aura toujours assez de graines pour nous dans les champs.

— Venez ; pour vous désennuyer je vous conterai de jolies histoires ; les histoires d'oiseaux qui ont eu des aventures surprenantes.

— Nous n'aimons pas les histoires : nous ne nous ennuyons jamais, et quand nous avons du loisir nous nous chantons une chanson, toujours la même, et qui nous plaît comme au premier jour.

— Je vous donnerai pour habitation un palais, un palais d'or aux mille fenêtres.

— Ton palais ne vaut pas notre nid sur la branche ; nous le connaissons, ton palais d'or ; il y en a qui l'appellent une cage.

L'expérience sert à quelque chose :

On ne prend pas les vieux oiseaux avec du son.

LES PLUS

GRANDS COUPS

NE FONT

PAS   LA

PLUS

BELLE

MUSIQUE

Chaudrons, seaux, poêles et
casseroles; écumoires et cuillè-
res; pelles et pincettes, Tin-tin
et Ton-ton, Lolotte et Liline ont
pris tout ce qu'ils ont trouvé,
et :

Plan, plan, plan! Rataplan!
Cling, cling, cling! Cling, cling, cling!
Boum, boum, boum! Boum, boum, boum!

Ils donnent un concert, un grand concert, un concert gratuit, où on ne paye pas. On payerait bien plutôt pour ne pas l'entendre, mais ils frappent de plus belle :

Plan, plan, plan! Rataplan!
Cling, cling, cling! Cling, cling, cling!
Boum, boum, boum! Boum, boum, boum!

Le tonnerre se met de la partie, la girouette grince sur le toit, le vent siffle dans les corridors, il fait battre les portes et les volets.

Plan, plan, plan! Rataplan!
Cling, cling, cling! Cling, cling, cling!
Boum, boum, boum! Boum, boum, boum!

Apprenez, Tin-tin, Ton-ton, Lolotte et Liline, que celui qui donne les plus grands coups ne frappe pas toujours juste; que celui qui crie le plus fort n'a pas toujours raison et que la chanson du petit oiseau vaut mieux que :

Plan, plan, plan! Rataplan!
Cling, cling, cling! Cling, cling, cling!
Boum, boum, boum! Boum, boum, boum!

LES DEUX
NE FONT PAS
LA
PAIRE

Non, les deux ne font pas la paire.
Grande botte et petit soulier;
L'enfant n'égale pas son père,
Ni le tourlourou l'officier.

Le gland n'égale pas le chêne,
Ni le ruisselet, l'Océan,
L'esclave ne vaut pas la reine,
Ni petite fille, maman.

Lâcheté ne vaut pas vaillance;
Sottise ne vaut pas esprit;
Faiblesse ne vaut pas puissance,
Et la fleur ne vaut pas le fruit.

Petit pied grandira bien vite,
Et grande botte il lui faudra;
Espérons aussi qu'en mérite
Le petit enfant grandira.

TROP

DE

CUISINIERS

GATENT

LE

BOUILLON

Catherine est sortie : elle a laissé le chaudron par terre,
au milieu de la cuisine, le grand chaudron aux confitures.

Une bonne occasion pour Théo, Linette et Ginette de
montrer leurs talents culinaires.

La boîte au lait est sur la table : on la vide dans le chaudron.

On y vide aussi la boîte à farine. C'est comme cela que
Catherine s'y prend quand elle fait de la bouillie.

Qu'est-ce qu'on met encore dans la bouillie pour qu'elle
soit bonne ?

— Du sucre, dit Théo.
— Du sel, dit Ginette.
— Du poivre, fait Linette.
— Du chocolat, reprend Ginette.
— Du café, ajoute Linette.
— Et une bonne cuillerée de moutarde, conclut Théo.

Toutes ces choses là sont excellentes ; on les met donc
dans le poêlon. Pour le coup, si la fricassée n'est pas bonne !...

Théo, le bonnet sur l'oreille, a tout à fait l'air d'un cuisi-
nier de grande maison.

Il rit d'un air malin, le petit Théo : il sait bien, lui, que
le sel, le sucre et le poivre, le chocolat, le café et la moutarde
ne font pas bon ménage ensemble. La cuisine ne vaudra
peut-être rien, mais cela l'amuse beaucoup de la faire.

Quelqu'un que cela n'amuse pas autant, c'est Catherine,
qui, en rentrant, trouve toutes ses provisions gaspillées.
Elle chasse bien vite les petits marmitons.
— Allez, allez, leur dit-elle, et apprenez que :

Trop de cuisiniers gâtent le bouillon.

L'OISEAU LE PLUS MATINAL

ATTRAPE LE VER

Trois blanches maisons rondelettes
Et trois petits poulets dedans ;
Trois poulets dans les trois chambrettes
Dormant comme les Sept Dormants.

L'un des trois un matin s'éveille,
Et d'abord il se tient tout coi ;
Et puis, tout à coup, ô merveille !
— Pan, pan, pan ! dit-il, ouvrez-moi.

Pan, pan, pan ! mais la porte est close.
Comment forcer cette prison ?
Comment ? De son petit bec rose,
Poussin attaque la cloison.

Aussitôt la blanche muraille
Tombe de-ci, tombe de-là.
Sans repos, le poussin travaille,
Hors de son cachot le voilà.

Ses frères, dans leur maisonnette,
Dorment encore à poing fermé.
En un rien sa toilette est faite :
— Oh mais ! je me sens affamé !

Un ver tout jeune, par malchance,
Sortait de terre, en ce moment :
Le nouveau-né fera bombance
Et ce n'est que juste vraiment.

S'il fût resté dans sa logette
A dormir, le soleil levé,
D'un si joli coup de fourchette
Don Poulet eût été privé.

Et c'est ainsi que la paresse
Manque toujours l'occasion ;
Vigilance amène richesse,
Enfants, c'est ma conclusion.

LA SAGESSE

QU'ON ACHÈTE A SES DÉPENS
EST LA MEILLEURE

Monsieur Touche-à-tout l'apprit un matin,
D'un crabe rougeaud, le long de la plage.
Il en fut pincé; mais il devint sage.
Pareil accident n'est vraiment qu'un gain.

QUI QUITTE SA PLACE
LA PERD

C'est ce que disent les voleurs pour entrer dans les maisons dont les portes sont ouvertes et pour s'approprier ce qui ne leur appartient pas; mais c'est ce que ne disent jamais les honnêtes gens.

C'est ce que dit dame Belette quand elle s'empara du logis du petit lapin, pendant que Jeannot était allé faire un tour dans le bois.

C'est ce que se dit Bernard-l'Hermite quand il s'installe dans un coquillage vide.

Vous en avez peut être vu quelquefois, sur le bord de la mer, de ces Bernard-l'Hermite, avec leurs pinces et leurs pattes rougeâtres; avec leurs bras, dont l'un est plus long que l'autre, et avec leur tête fourrée dans le coquillage dont ils font leur habitation.

Il y en a même qui disent qu'ils ne se contentent pas de s'installer dans une maison vide et qu'ils commencent par manger le propriétaire.

Voudriez-vous ressembler au Bernard-l'Hermite ?

QUI N'ENTEND QU'UNE CLOCHE
N'ENTEND QU'UN SON

— Monsieur le Grand-duc, Becaigu m'a battu; il m'a arraché des plumes.

— Tu ne l'as pas taquiné?

— Non, monsieur le Grand-duc.

— Tu ne l'as pas injurié?

— Non, monsieur le Grand-duc.

— Tu ne lui a pris ni son déjeuner, ni son dîner, ni son souper?

— Non, monsieur le Grand-duc.

— Oh! oh! voilà qui est grave, dit le Grand-duc en enfonçant son menton dans sa cravate. Qu'on aille me chercher Becaigu.

Becaigu arrive.

— Tu as donné des coups de bec à Freluquet?

— Oui, monsieur le Grand-duc.

— Il ne t'avait pas taquiné?

— Non, monsieur le Grand-duc.

— Il ne t'avait pas injurié?

— Non, monsieur le Grand-duc.

— Il ne t'avait pris ni ton déjeuner, ni ton dîner, ni ton souper?

— Non, monsieur le Grand-duc.

— Alors pourquoi l'as-tu battu, lui as-tu arraché des plumes?

— Parce qu'il avait battu Rossignolet, le pauvre petit Rossignolet.

— Oh! oh! dit le Grand-duc, voilà qui change la thèse. Qui n'entend qu'une cloche n'entend qu'un son. Au cachot, Freluquet, au cachot!

RIEN NE VAUT LE CHEZ SOI

Que dit le petit oiseau,
Ainsi perché sur la branche,
Pendant que la fleur se penche,
Pour contempler son berceau?

Que dit le colimaçon,
Portant sa maison roulante?
Il dit ce que l'oiseau chante :
— Qu'on est bien dans sa maison! —

Il n'est si petit chez soi,
S'il est fait à notre taille,
Qui mieux qu'un autre ne vaille :
Dans mon logis je suis roi.

Sache-le bien, écolier,
C'est déjà bonheur suprême
D'avoir pour ceux que l'on aime
Un nid dans un vieux soulier.

NE T'ATTENDS

QU'A

TOI

SEUL

Autrefois dame Alouette nous a fait voir qu'il ne fallait pas compter sur les autres pour faire son ouvrage.

Cette alouette, vous vous le rappelez, avait fait son nid dans des blés presque mûrs.

Quand le propriétaire du champ envoie chercher ses amis pour l'aider, les petits de l'alouette ont grand'peur; leur mère leur dit :

Dormez en paix :
Ne bougeons de notre demeure.

Mais lorsque le maître se décide à moissonner son champ lui-même, oh ! alors, l'oiseau prend l'alarme.

— C'est ce coup qu'il est temps de partir, mes enfants
leur dit-elle.

Paulette a lu cette fable, et même elle l'a apprise par cœur.
Elle veut imiter le propriétaire du champ.

On lui a donné deux gâteaux : elle pourrait en garder un
pour sa sœur ou ses amies.

Elle pourrait même l'offrir à Minet : mais elle se dit :

Ce n'est pas sage de compter sur les autres pour faire sa
besogne.

Et elle mange les deux gâteaux.

C'est son ouvrage ou même son chagrin qu'on doit garder
pour soi tout seul : non ce qu'on a de bon ou d'agréable.

Paulette a une singulière manière de comprendre les
fables ou d'en appliquer la morale. Qu'en pensez-vous ?

Pour ma part, je trouve que c'est une gourmande et une
égoïste.

Qui de vous veut lui ressembler ?

GROSSE TÊTE

PETIT

ESPRIT

— Petit esprit dans grosse tête,
Bon onguent dans un petit pot. —
Mais pour moi pareille sornette
Est un discours à la Jeannot.

Souvent un homme de génie
A grosse tête, et du crétin,
Personne, je crois, ne le nie,
La cervelle est celle d'un nain.

Souvent une fiole mignonne
A renfermé poison mortel;
Et grosse bouteille nous donne
Un vin aussi doux que le miel.

Il importe peu que la boîte
Soit petite ou grande, et vraiment,
Pourquoi cervelle trop étroite
Prouverait-elle jugement?

Enfant, quelle que soit la tête
Dont le bon Dieu nous a fait don,
Petite ou grosse, elle est parfaite,
Si ce qu'elle contient est bon.

ON NE PEUT TOUCHER A LA POIX

SANS

SE SALIR

LES MAINS

Qui touche à l'eau se mouillera;
Qui touche au feu se brûlera;
Touche à l'encre se noircira;
Touche à la poix se salira.

C'est dimanche; frais comme une rose, Edme va voir sa grand'mère. Il a mis sa blouse neuve, ses bas neufs, ses souliers neufs. Il a si bonne mine comme cela que tous ceux qui le regardent passer disent :

— Comme Edme est beau ce matin !

Sur la route, des ouvriers ont laissé un seau de peinture brune, près d'une barrière qu'ils sont en train de peindre.

Edme, pensant leur épargner de l'ouvrage, prend le pinceau et barbouille la barrière. Il entend du bruit et veut s'enfuir; il se heurte contre le seau. Paf! voilà le seau par terre et Edme assis au beau milieu de la peinture brune

Il en a partout, il en a sur sa blouse neuve, sur ses bas neufs, sur ses souliers neufs; il en a aux mains et à la figure. On ne dira plus de lui en le voyant :
— Comme Edme est beau ce matin!
Mais dame! que voulez-vous!

Qui touche à l'eau se mouillera;
Qui touche au feu se brûlera;
Touche à l'encre se noircira;
Touche à la poix se salira.

Quand on fait ce qui est défendu, on a toujours sujet de s'en repentir.

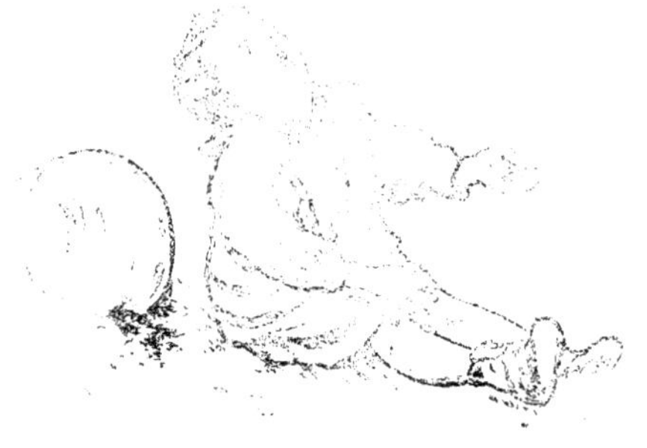

QUI TROP EMBRASSE

MAL ÉTREINT

Jack et Jean construisent un château de cartes.

Ah! mon beau château,
Ma tantirelirelire,
Ah! mon beau château,
Ma tantirelirelo!

C'est ainsi qu'ils chantent et que chantent leurs deux petites sœurs, Nicole et Nicolette.

Le château sera très grand, presque aussi grand que celui qu'on voit sur la montagne. Il contiendra beaucoup de chambres. Il est déjà très haut et on chante de plus belle :

Ah ! mon beau château,
Ma tantirelirelire,
Ah ! mon beau château,
Ma tantirelirelo !

— Il faut y faire encore un étage, dit Jack.

Il place une nouvelle carte ; puis une seconde ; mais quand il va pour poser la troisième...

Clap ! Le château s'effondre et les cartes s'envolent de tous côtés.

Qu'est-ce qui est content? C'est Minet ; c'est son tour de s'amuser.

Mais qui est-ce qui ne l'est pas?

C'est Jack. Bah ! il recommencera ; seulement il ne sera plus si ambitieux, et il se rappellera que qui veut trop entreprendre échoue, et que :

Qui trop embrasse, mal étreint.

QUAND ON PROMET

IL FAUT TENIR

Qu'est-ce que c'est que ce personnage ?

C'est un de ceux qui se tiennent au milieu d'un champ ou en haut d'un cerisier et qui ont l'air de dire aux petits oiseaux :

— Si vous touchez au grain ou aux cerises, gare à vous !

Eh bien, les oiseaux n'en ont pas peur. Ils savent bien que, en dépit de son air rébarbatif, il ne leur fera pas de mal.

Ah ! s'il avait un fusil, ce serait différent.

Ce mannequin me fait penser aux mamans qui promettent toujours de punir et qui ne peuvent jamais s'y résoudre.

— Appliquez-vous. — Soyez sages.

— Faites bien vos devoirs, disent-elles à leurs enfants, sinon je me fâcherai.

Les enfants ne s'appliquent pas, ils ne sont pas sages, ils font mal leurs devoirs, la maman ne se fâche pas plus que ne le fait l'homme de paille.

Et qu'arrive-t-il ?

C'est que, de même qu'il ne pousse rien dans le champ et qu'il ne mûrit pas une cerise sur le cerisier, il ne vient rien de bon dans le cœur et dans l'esprit du petit garçon et de la petite fille, qui restent toujours ignorants.

Moi, je trouve que quand on promet, il faut tenir, autrement on ressemble à cet homme de paille.

4ᵉ ANNÉE

Sᵀ NICOLAS

Journal illustré pour Garçons et Filles

PARAISSANT TOUS LES JEUDIS

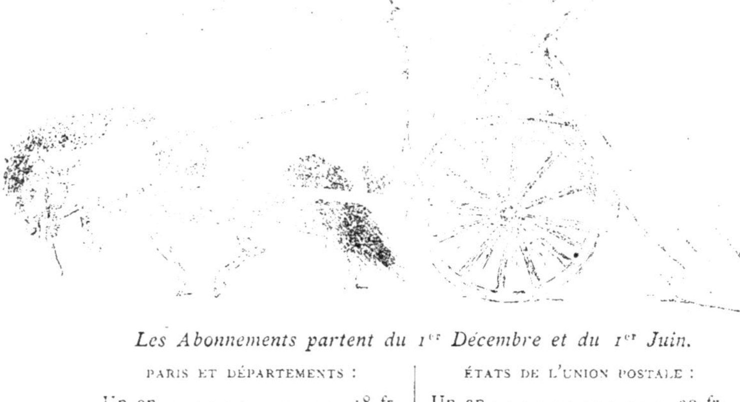

Les Abonnements partent du 1ᵉʳ Décembre et du 1ᵉʳ Juin.

PARIS ET DÉPARTEMENTS :	ÉTATS DE L'UNION POSTALE :
Un an . . . . 18 fr.	Un an . . . . 20 fr.
Six mois. . . . . 10 —	Six mois. . . . . 12 —

L'année 1880, l'année 1881, l'année 1882, trois magnifiques volumes format in-4°, illustrés de plus de 2.800 gravures.

Chaque année, broché. . . . . 18 fr.
Avec belle reliure, fers spéciaux . . . . 22 —
— — — tranche dorée. . . . . . 23 —

ENVOI GRATUIT D'UN SPÉCIMEN CONTRE TOUTE DEMANDE AFFRANCHIE

PARIS. — IMP. P. MOUILLOT, 13-15, QUAI VOLTAIRE. — 30248.